AF324351

IMPRIMERIE DE L'ART

16 Février 1885.

VENTE DU LUNDI 16 FÉVRIER 1885

HOTEL DROUOT, SALLE Nº 1

OBJETS D'ART

ET DE

CURIOSITÉ

ORFÈVRERIE — FAÏENCES — PORCELAINES

BEAUX MEUBLES

ÉTOFFES

EXPOSITION PUBLIQUE

LE DIMANCHE 15 FÉVRIER 1885

<table>
<tr><td>COMMISSAIRE-PRISEUR</td><td>EXPERT</td></tr>
<tr><td>Mᵉ Paul CHEVALLIER</td><td>M. Charles MANNHEIM</td></tr>
<tr><td>10, rue Grange-Batelière, 10.</td><td>7, rue Saint-Georges, 7.</td></tr>
</table>

CATALOGUE

DES

OBJETS D'ART

ET DE CURIOSITÉ

Orfèvrerie anglaise du XVIIIe siècle

Faïences de Gubbio, Urbino, Castelli, hispano-moresques
Alcora, Rhodes, Rouen, Moustiers, etc.

PORCELAINES DE CHINE ET AUTRES

Coffrets en cuir des XVe et XVIe siècles
Épées de Cour du XVIIIe siècle ; Matières précieuses
Meubles d'Art en bois sculpté, et autres incrustés d'ivoire
Sièges portugais et autres

TABLES LOUIS XV ET LOUIS XVI ; PENDULES LOUIS XIV

Beaux Meubles en bois sculpté pour Salle à manger ; Étoffes

DONT LA VENTE AURA LIEU

HOTEL DROUOT, SALLE N° 1

Le Lundi 16 Février 1885

A DEUX HEURES

Par le Ministère de Me PAUL CHEVALLIER, commissaire-priseur,

10, rue de la Grange-Batelière, 10

Assisté de M. CHARLES MANNHEIM, expert, 7, rue St-Georges.

EXPOSITION PUBLIQUE : Le Dimanche 15 Février 1885

DE UNE HEURE A CINQ HEURES

CONDITIONS DE LA VENTE

Elle sera faite au comptant.

Les acquéreurs payeront en sus des enchères *cinq pour cent*, applicables aux frais.

L'exposition mettant le public à même de se rendre compte de l'état des objets, aucune réclamation ne sera admise une fois l'adjudication prononcée.

Paris. — Imp. de l'Art. E. Ménard et J. Augry
41, rue de la Victoire, 41

DÉSIGNATION DES OBJETS

ORFÈVRERIE

1 — Grande cafetière en argent repoussé, à fleurs et ornements rocaille. Travail anglais du xviiie siècle.

2 — Vase à deux anses, en argent repoussé, à fleurs et ornements. Mêmes travail et époque.

3 — Deux belles saucières en argent repoussé, à fleurs et écussons encadrés d'ornements rocaille. Travail anglais du xviiie siècle.

4 — Sucrière à saupoudrer, en forme de vase, en argent repoussé. xviiie siècle.

5 — Deux salières en argent, de forme contournée.

5 *bis* — Porte-huilier en argent. Époque Louis XIV.

FAÏENCES

6 — Gubbio. — Coupe ronde, à feuilles gaufrées en relief et décor à reflets métalliques rouge rubis et mordoré. Au centre, saint Jérôme en prière; au pourtour, feuilles et ornements.

7 — Urbino. — Buire à côtes et ouverture trilobée, à fond blanc décoré de grotesques et d'arabesques en bleu et jaune et de deux petits médaillons à portraits.

8 — Urbino. — Plateau circulaire, à ombilic et moulure saillants, et à décor polychrome sur fond blanc, consistant en un médaillon central, représentant Amphitrite, entouré de quatre zones concentriques, chargées de grotesques, de dauphins, d'oiseaux et d'arabesques fleuries. Fabrication des Patanazzi.

9 — Urbino. — Aiguière de forme élégante, en même faïence et décorée du sujet : le Baptême du Christ.

10 — URBINO. — Plat rond à lobes, fond blanc
et décoré d'un médaillon central : l'Amour ;
entouré de grotesques et de rinceaux.

11 — CAFFAGIOLO. — Coupe à pied, décorée de
branchages et de petites feuilles en blanc
sur fond bleu.

12 — FORLI. — Deux assiettes à fond bleu,
décorées au fond des armoiries d'un cardinal
et au marli de gerbes et de hachures en blanc
relevé de dorure.

13 — FORLI. — Deux autres plus petites et de
même décor.

14 — CASTELLI. — Plaque rectangulaire représentant Bacchus et Ariane. Cadre en bois
noir.

15 — CASTELLI. — Plaque représentant Télé-
maque et Calypso.

16 — CASTELLI. — Plaque décorée d'un paysage
avec palais en ruines.

17 — CASTELLI. — Deux plaques représentant des
paysages.

18 — Castelli. — Tasse et soucoupe décorées de scènes champêtres.

19 — Moustiers. — Grand plat rond, décoré en bleu d'un beau médaillon central représentant Saul sur le chemin de Damas, avec marli orné d'une bordure à lambrequins.

20 — Moustiers. — Plat long à bords contournés, à décor de grotesques en bleu.

21 — Moustiers. — Encrier de forme trilobée à décor polychrome, bandes de fleurs et d'ornements.

22 — Alcora. — Belle plaque à décor polychrome, représentant sainte Anne et la Vierge avec encadrement émaillé blanc de rocailles où se jouent des figurines d'anges et de chérubins en haut-relief et coloriées.

23 — Alcora. — Jolie plaque ovale à décor polychrome, figure de sainte entourée d'une gloire avec encadrement de forme contournée à moulures et mascarons.

24 — Alcora. — Plat rond et creux, à décor polychrome d'oiseaux et de branchages.

25 — ALCORA. — Deux coupes à pieds, décorées de grotesques et de fleurettes.

26 — ALCORA. — Coupe à décor polychrome : rocailles, groupe de maisons et soleil rayonnant.

27 — Surtout de table oblong et à contours en faïence à décor polychrome de fleurs, fruits et ornements feuillagés de style rouennais.

28 — FAÏENCE HISPANO-ARABE. — Écuelle à oreilles plates et à reflets métalliques, offrant au fond le monogramme du Christ.

29 — Autre à reflets mordorés.

30 — Autre analogue.

31 — Écuelle à reflets métalliques, garnie de quatre petites anses plates.

32-33 — TERRE ÉMAILLÉE BLANC. — Cinq groupes : Musiciens, le Chien savant, etc.

34 — Plat hispano-moresque à décor à reflets métalliques rehaussé de bleu.

35 — Plat analogue. Au centre, un animal chimérique.

36 — Plat hispano-moresque à reflets métalliques, décor bleu à dessin étoilé. Fabrique de Valence.

37 — Huit plats hispano-moresques à décor à reflets métalliques variés. (Ce lot sera divisé.)

38 — Quatre assiettes en ancienne faïence de Rouen, décor polychrome *à la corne.*

39 — Quatre assiettes de même faïence, décor à la corne tronquée.

40 — Statuette de violoneux en faïence de Delft, décor polychrome.

41 — Groupe en faïence italienne : la Crèche.

42 — Autre groupe en faïence italienne.

43-45 — Trois plats en ancienne faïence de Rhodes à décor polychrome.

PORCELAINES DE CHINE

46 — Deux petites potiches, forme balustre,
vieux Chine, décorées en émaux de couleur,
l'une de fleurs, l'autre d'oiseaux et de branchages.

47 — Deux potiches à couvercles, fond chocolat
avec réserves, forme feuilles, contenant des
bouquets en émaux de couleur.

48 — Deux grands sucriers à couvercles, de
même décor.

49 — Bassin décoré de branchages et de fleurs
en émaux de couleur.

50 — Plat rond de la famille rose, décoré de
grosses fleurs et d'une bordure rose quadrillée
interrompue par six réserves à ornements en
rouge d'or.

51 — Deux vases, pots à tabac, fond bleu de
Perse à rehauts d'or : kiosques, chimères,
arbustes.

52 — Deux bouteilles, fond bleu poudré et
réserves à ustensiles chinois; monture en
bronze doré à anses surmontées de dragons.

53 — Bol décoré en bleu de compartiments
contenant des gazelles et des buissons.

54 — Quatre assiettes de décors variés, en émaux
de couleur.

55 — Grand plat rond en porcelaine de l'Inde, à
bord festonné, fond et marli à bouquet, chute
à mosaïque fond rouge caillouté d'or.

56 — Bassin à décor bleu, oiseaux, arbres et
fleurs.

57 — Cafetière et théière à décor de paysages
avec kiosques en bleu.

58 — Bouteille à décor bleu de fleurs et d'arbustes.

59 — Vase en forme de balustre aplati, en vieux
Chine à décor bleu, personnages et attributs.

60 — Théière en vieux Chine, décor à manda-
rins. Collection Barbet de Jouy.

PORCELAINES DIVERSES

61 — Cabaret en ancien biscuit de Wedgwood, à figures blanches en relief (jeux d'enfants) sur fond bleu. Il se compose de trois grandes pièces et six tasses droites avec soucoupes.

62 — Deux petites boîtes cylindriques à couvercle, en biscuit de Wedgwood, l'une à fond bleu, l'autre à fond rosé et figures blanches.

63 — Écuelle ronde à deux anses, avec plateau oblong, en porcelaine tendre décorée de roses encadrées de feuillages et de myosotis en couleur sur fond strié d'or.

64 — Compotier en ancienne porcelaine de La Haye : au centre, volatiles en couleurs, et au pourtour, fleurs en camaïeu bleu encadrées d'ornements dorés.

CUIRS GAUFRÉS ET GRAVÉS

65 — Coffret oblong à couvercle bombé, couvert en cuir repoussé, gaufré et gravé. XVe siècle.

66 — Petit coffre en cuir gravé du xve siècle.

67 — Autre petit coffre en cuir gravé du commencement du xvie siècle.

68 — Petite gaine en cuir gravé du xvie siècle.

ARMES & OBJETS VARIÉS

69 — Jolie épée de cour du temps de Louis XVI, avec garde damasquinée d'or à trophées et ornements.

70 — Autre jolie épée de même époque, damasquinée d'or, à rinceaux, trophées et ornements variés.

71 — Épée Louis XIV, à garde et pommeau en acier ciselé et découpé à jour.

72 — Épée Louis XV, à poignée en cuivre ciselé et doré.

73 — Deux girandoles du temps de Louis XVI, en bronze ciselé et doré, à deux lumières.

74 — Éventail à monture de nacre à ornements dorés, feuille peinte à sujet Rebecca et
Éliezer.

75 — Éventail à monture d'ivoire et feuille
peinte.

76 — Pierre de lard. — Deux petits flambeaux
chinois.

77 — Agate. — Petit canon monté sur son
affût, avec roues découpées à jour.

78 — Porphyre de Suède. — Vase à couvercle
en forme d'urne surbaissée.

79 — Cristal de roche. — Aigle debout, for-
mant flacon.

80 — Deux chenets du temps de Louis XV, en
bronze doré, modèle rocaille.

81 — Buste grandeur nature en terre cuite, de
François Boucher. Travail du temps.

82 — Plusieurs paires de boucles en strass et
argent.

83 — Petite plaque en ivoire sculpté de travail
chinois et représentant un sujet tiré de la vie
du Christ.

84 — Quatre émaux de Limoges de forme ronde,
peints en couleurs, avec rehauts d'or, par
Pierre Raymond. Sujets tirés de la vie du
Christ.

85 — Sabre japonais à fourreau laqué.

MEUBLES D'ART

86 — Belle table italienne à pieds carrés, reliés
par une traverse, plaquée d'ébène et à moulures de bois noir. Dessus en porphyre rouge
encadré de marbre noir et de filets incrustés
en jaune de Sienne. Pourtour et pieds enri-
chis de plaquettes de porphyre rouge et de
vert antique.

87 — Beau cabinet en bois noir décoré de rinceaux et de cariatides en incrustation d'ivoire.
Il ferme à deux vantaux, ornés de deux
grandes plaques d'ivoire gravé, représentant
des personnages en costumes de l'époque

Louis XIII, et est surmonté d'une galerie à balustres. Ce meuble repose sur une console d'ornementation analogue.

88 — Meuble-vitrine à deux corps, de style italien, en bois noir incrusté d'ivoire. Le bas est à porte pleine offrant une plaque carrée d'ivoire gravé, représentant l'entrée d'un souverain dans une ville des Flandres. Le corps supérieur est vitré et surmonté d'un fronton cintré et coupé.

89 — Canapé italien du xviiᵉ siècle, en noyer sculpté, à pieds contournés, recouvert en damas rouge. Le bois du dossier offre au milieu un bas-relief finement sculpté, représentant le sujet de la Cène, et aux extrémités deux médaillons, le Serpent d'airain et la Crucifixion.

90-91 — Deux bahuts du xviiiᵉ siècle, en chêne, ornés d'incrustations en bois de couleur, et ouvrant à une porte et à deux tiroirs encadrés de deux demi-colonnes à chapiteaux corinthiens.

92 — Bois sculpté. — Petite colonne torse enlacée de branches de vigne, à chapiteau co-

rinthien et reposant sur un socle carré à moulures ornées.

93 — Bois sculpté. — Torchère formée d'une statue, figure drapée, reposant sur un piédestal carré en chêne orné de rinceaux et de moulures à godrons, sequins et feuilles d'eau.

94 — Commode Louis XV, bois de placage et médaillons en marqueterie à sujets mythologiques avec dessus de marbre.

95 — Autre commode analogue.

96 — Quatre fauteuils portugais à dossiers renversés, recouverts en cuir de Cordoue, garnis de clous dorés.

97 — Chaise portugaise garnie en cuir noir gaufré.

98 — Deux fauteuils Louis XIII en noyer, à ornements sculptés et garnis au siège et au dos de cuir florentin gaufré et à reflets or et argent.

99 — Bois d'ancien fauteuil à oreilles.

100 — Belle pendule et sa console d'applique, de l'époque Louis XIV, en marqueterie de cuivre et d'écaille, richement garnie de cariatides et d'ornements rapportés en bronze bronzé et surmonté d'une figurine de la Renommée.

101 — Pendule religieuse à plusieurs cadrans donnant l'heure, le quantième, etc., et à mouvement carré de cuivre gravé.

102 — Socle de style chinois en bois noir ; pieds à têtes chimériques et griffes de lions.

103 — Deux petites consoles de mur à mascarons et ornements rocaille, bois doré.

104 — Crédence en bois sculpté, fermant à deux portes et surmontée d'un fronton dont partie date du XVIe siècle.

105 — Tabernacle en bois noir avec peinture sur les faces latérales et la porte incrustée d'ivoire gravé.

106 — Table à ouvrage de forme ovale, en marqueterie de bois à vases de fleurs et ornements, garnie de bronzes ciselés et dorés. Époque Louis XVI.

107 — Deux tables-bureaux en bois de placage, garnies d'ornements rocaille en bronze ciselé et à dessus en basane. Époque Louis XV.

AMEUBLEMENT DE SALLE A MANGER

108 — Beau et grand dressoir en bois sculpté, de style Louis XIII, à décor de rinceaux, d'oiseaux et de festons de pampres, avec pieds et consoles formés de sculptures anciennes. Ce meuble est surmonté d'un fronton à figurines d'amours soutenant une couronne sur laquelle plane un oiseau héraldique.

109 — Console en bois de chêne sculpté, à tablette contournée, bandeau chargé de rinceaux et pied formé d'une statuette d'enfant entouré de larges feuillages.

110 — Glace italienne dans un encadrement en
vieux chêne sculpté, à décor d'oiseaux et de
feuillages enroulés.

111 — Deux consoles étroites en chêne sculpté, à
tablette supportée par une cariatide en ronde
bosse, tenant un flambeau.

112 — Console d'applique en bois sculpté, formée d'une statuette d'enfant guerrier, au
milieu d'enroulements feuillagés, et surmontée
d'un oiseau.

ÉTOFFES

113 — Deux petits tableaux en ancienne tapisserie de la Savonnerie : fruits sur des tables.

114 — Environ vingt-huit mètres d'ancien damas
de soie ponceau en quatre panneaux.

115 — Divers morceaux d'étoffe des époques
Louis XV et Louis XVI.

116 — Deux tapisseries verdures de Felletin.

117 — Tapisserie d'Aubusson du temps de Louis XV : paysage et petits personnages.

118 à 121 — Quatre dessus de portes en tapisserie, verdure et personnages.

122 — Diverses collerettes et manchettes en guipure de l'époque Louis XIII.

RED. :

16

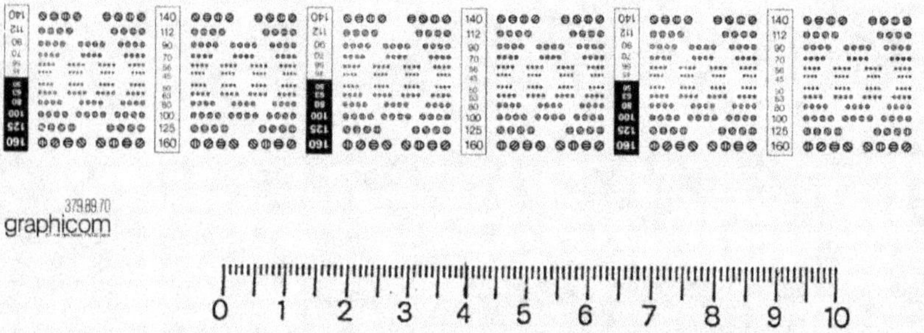

MIRE ISO N° 1
NF Z 43-007
AFNOR
Cedex 7 - 92080 PARIS-LA-DÉFENSE

graphicom
379.89.70

0 1 2 3 4 5 6 7 8 9 10

BIBLIOTHEQUE NATIONALE DE FRANCE

****

CHATEAU DE SABLE

1996